Judy Moody

va a la universidad

Megan McDonald

Ilustraciones de Peter H. Reynolds

ALFAGUARA

Título original: *Judy Moody Goes to College*
Publicado primero por Walker Books Limited, Londres SE11 5HJ

© Del texto: 2008, Megan McDonald
© De las ilustraciones: 2008, Peter H. Reynolds
© De la traducción: 2009, P. Rozarena
© De la tipografía de Judy Moody: 2004, Peter H. Reynolds
© 2015, derechos de la presente edición en lengua castellana:
Penguin Random House Grupo Editorial USA, LLC.,
8950 SW 74th Court, Suite 2010
Miami, FL 33156

Adaptación para América: Isabel Mendoza y Gisela Galicia

Judy Moody va a la universidad
ISBN: 978-1-60396-629-0

Comentarios sobre la edición y el contenido de este libro a:
megustaleer@penguinrandomhouse.com

Printed in USA by Whitehall Printing Company

17 16 15   3 4 5 6 7 8 9

Para Sofía y Emily
M.M.

Para Beatrice Rose Scollan,
Desmond Patrick Scollan y Beth "Ginger Betty" Veneto,
¡que merecen recibir títulos honorarios
por trabajo comunitario!
P.H.R.

Índice

Quién es

Judy Moody

La preferida de la tutora.
La oveja negra del cuadro
de honor.

Papá

Alias "Richard".
Mi viejo.

Mamá

Alias "Kate".
La mitad de mis viejos.

Mouse

El gato yogui
(de "yoga", no de "yogur")

Quién

Stink

El clásico "plasta".

Frank

Los colegas

Rocky

Cloe

La sorprendente y cheverísima
universitaria, maestra
particular de Judy.

Mati-tud

Cuando Judy Moody llegó a la escuela el lunes se encontró con una maestra nueva. A la nueva maestra la llamaban la *Susti* (más por su cara de susto que por ser la sustituta). La nueva maestra se llamaba en realidad la señora Gordillo. Y había tres cosas que no encajaban: primera, la señora Gordillo no era gorda; segunda, la señora Gordillo, como era mujer, debería llamarse más bien la señora Gordilla; y tercera, la señora Gordillo NO ERA el señor Todd.

Judy fue la primera en levantar la mano:

—¿Dónde está el señor Todd?

—Seguro que el señor Todd les contó el viernes que iría a una reunión de maestros.

—Yo no vine el viernes —dijo Judy.

—Fue a aprender a ser mejor maestro —intervino Jessica Finch.

—Pero el señor Todd ya es un maestro estupendo —observó Judy.

—A lo mejor le van a dar un premio por ser buen maestro —apuntó Rocky.

—¿Adónde fue y cuándo volverá? —quiso saber Judy.

Los demás también empezaron a hacer preguntas:

—¿Nos va a leer *Alas de Gato*? El señor Todd siempre nos lee *Alas de Gato* y *El regreso de Alas de Gato.*

—¿Nos va a llevar de excursión? El señor Todd siempre nos lleva de excursión.

—¿Somos todavía la clase Tercero T? ¿O ahora somos Tercero G?

—El señor Todd está en Bolonia, Italia —explicó la señora Gordillo.

¡Qué cosas! La vida no era justa. A Judy le gustaba la salsa boloñesa. A Judy le gustaba Italia; hasta sabía un baile de Italia: la *tarantela.* El señor Todd probablemente estaría ahora mismo en Bolonia, bailando como una tarántula, mientras ellos estaban allí encerrados, aprendiendo aburridas y viejas tablas de multiplicar.

A Judy Moody no le gustaba Tercero, ya fuese Tercero T o Tercero G, si no estaba el señor Todd.

La nueva maestra de Judy Moody venía de Nueva Inglaterra y no hablaba como el señor Todd. Hablaba de una forma muy graciosa, pronunciando mucho las erres. La nueva maestra de Judy no llevaba gafas de moda, como el señor Todd. Las llevaba colgadas del cuello con una cadena. Tampoco olía como el señor Todd. Olía como si se bañara en agua estancada.

La nueva maestra de Judy Moody armó una tienda de campaña al fondo del salón de clases con un cartel que decía: "TIENDA DE LA BUENA ACTITUD". Judy se preguntó qué actitud debería adoptar para entrar en ella e ir de excursión.

Para colmo, la nueva maestra de Judy Moody era aficionada a las golosinas. Les daba caramelos a sus estudiantes cuando se portaban bien; menos a Judy que mostraba una actitud negativa. Incluso, daba un caramelo por cada respuesta acertada en clase de matemáticas. Pronto, la clase entera iba a tener *mate-caries*. Todos, excepto Judy.

Aquel día, la señora Gordillo estaba hablando de medidas: pintas, cuartos, galones, barriles. Trataba de hacer que las matemáticas fueran "archicontradivertidas". Judy no estaba poniendo atención. La clase no le interesaba ni un cuarto de galón, ni siquiera una pinta.

"La señora Gordillo lleva diez galones de perfume."

"La señora Gordillo repartió veinte barriles de caramelos."

En vez de escuchar, Judy jugaba con su reloj. Su nuevo *reloj bailarín último modelo azul pavo fluorescente resuelvedudas 5000*, que predice el futuro y tiene salvapantallas.

Bla, bla, bla... continuaba la señora Gordillo, garabateando cifras, redondeándolas por defecto y por exceso. Judy hizo su "estimación": hacer las cifras redondas no iba a hacer las matemáticas más fáciles.

Judy apretó algunos botones de su reloj. Una lucecita parpadeó. Un botón dual daba la hora en dos países, de manera que no había necesidad de llevar dos relojes.

Scrich, scrach, scrich, la señora Gordillo escribió en el pizarrón durante una mate-eternidad.

Judy apretó el gran botón verde de la interrogación. ¡Súper! Era como la Bola Mágica 8. Le preguntabas algo al reloj y te daba misteriosas respuestas.

—¿Es la señora Gordillo mate-adicta?

Todo indica que sí.

—¿Me dará alguna vez un caramelo?

No sé.

—¿Iré algún día a la universidad?

Las perspectivas son buenas.

—¿Volverá el señor Todd?

Nebuloso.

—¡Judy! ¿Escuchaste la pregunta?

Judy no había escuchado la pregunta. Y, por lo tanto, no sabía la respuesta.

¿Era 77? ¿88? ¿99? ¿Eran galones o barriles?

Judy soltó la primera respuesta que se le vino a la cabeza.

—¡Nebuloso!

Mami y papi-tud

Judy llegó a casa con una nota. Una nota de la maestra. Una nota que decía que necesitaba estudiar extraclase. Una nota que indicaba que estaba un tanto nebulosa en matemáticas.

La primera parte de la nota era sólo bla, bla, bla, así que Judy la rompió en dos y sólo entregó a sus padres la parte buena. No la mala. Mamá y papá la leyeron.

—¿Judy tiene problemas? ¡Estupendo! —comentó Stink.

—Pero sólo medio problema —aseguró Judy.

—Judy, ¿qué pasó con el resto de la nota?

—La partí por la mitad —dijo Judy—. Como en una fracción. ¿Saben? Soy bastante buena en matemáticas. Fracciones y divisiones y todo eso.

—A ver —apremió Stink—. ¿Cuánto es ocho por doce?

—Y a ti que te importa —dijo Judy.

—¡Son noventa y seis! —respondió Stink.

—Judy. La nota —insistió mamá—. Papá y yo tenemos que leer *toda* la nota.

Judy rebuscó en su bolsillo y sacó la otra mitad toda arrugada. Se la entregó a sus padres.

Papá y mamá la leyeron. La leyeron dos veces. Tardaron casi mil años en leer aquella fracción de nota, aquella media nota.

Y hablaron con Judy. Y hablaron entre ellos. Hablaron con gente por teléfono durante cien años. Y volvieron con un plan.

No era el plan de "presta más atención a lo que te dice tu nueva maestra".

No era el plan de "danos tu nuevo reloj".

No era el plan de "te ayudaremos a hacer la tarea".

Era un "super-extra-especial plan de ayuda". Judy iba a entrar en un "plan de tutoría".

—¡Tutoría! —exclamó Judy—. ¿Es que ustedes no pueden ayudarme?

—Lo estamos haciendo —dijo mamá.

—Lo estamos haciendo —dijo papá.

—¿Cuántos son seis por siete? —preguntó Stink.

—Un maestro particular será una ayuda extra —dijo mamá.

—Un maestro particular será una ayuda adicional —añadió papá—. Eso es lo que tu maestra aconseja.

—Para su información, les diré —protestó Judy— que la señora Gordillo NO ES mi maestra.

—¿Cuánto es cinco por once? —insistió Stink.

—Prometo que escucharé —suplicó Judy—. No llevaré a la escuela mi reloj nuevo. Prometo que estaré atenta en clase.

—Estarás *a-tonta*, como siempre —se rió Stink.

Judy tenía que demostrar que era buena en matemáticas. Empezó a recitar una tabla de multiplicar:

—Dos por cuatro, ocho. Dos por ocho, dieciséis. Dos por dieciséis, será... no sé cuánto; todavía no llegamos a eso, pero prometo que lo aprenderé.

—Te va a gustar tener un maestro particular. Ya lo verás —dijo papá.

—Los maestros particulares tienen tarjetones con números —dijo Stink—.

De esos que se usan para que aprendan los pequeños. ¿Cuánto es dos por cinco?

—El número de uñas de los pies que te voy a pintar de rojo cuando estés dormido.

Stink se sentó encima de sus pies.

Judy miró a mamá, luego a papá, después a mamá, y volvió a la carga:

—¿De verdad tengo que tomar clases particulares?

—Sí, ya está todo arreglado —dijo mamá—. Empiezas mañana.

—¡Recórcholis! —se enfurruñó Judy.

Al día siguiente, cuando acabaron las clases, papá recogió a Judy. Ella cerró los ojos, se tiró sobre el asiento de atrás y se abrochó el cinturón. Iban camino a la clase particular. Cada vez que cerraba los ojos veía tarjetones con números. Juegos para bebés. Ella, Judy Moody, no estaba de humor para nada. Al menos, no de humor para las matemáticas. Y mucho menos para juegos de tarjetones con números.

Cosas de la vida: ella, Judy Moody, iba a ser una niñita que toma clases particulares de apoyo.

—¿Tendré que contar cuentas y pegar macarrones de

colores? Stink dice que tendré que contar cuentas y pegar macarrones de colores.

—No lo sé —dijo papá.

—¿Tendré que jugar con bolitas de colores y tazas de plástico?

—No lo sé —dijo papá.

—¿Tendré que pintarle ojos de gato a un triángulo? Stink dice que tendré que pintarle ojos de gato a un triángulo.

—Ya veremos —dijo papá—. Quizá tendrás que practicar juegos matemáticos, como "Yo tenía diez perritos y uno se perdió en la nieve...".

¡Diez perritos! ¡Perritos! Judy puso cara de perro y se hundió más en el asiento. Papá ni se enteró. Claro, él no tenía que pasar el resto de la tarde haciendo matemáticas macarrónicas ni pintando gatos geométricos.

—¡Llegamos! —exclamó alegremente.

—¿Ya llegamos? —preguntó Judy, malhumorada.

—Universidad Colonial —dijo papá.

—¿Universidad? —preguntó Judy.

—Sí, aquí es donde van a ayudarte con las matemáticas —dijo papá—. Tu maestra particular debe ser una estudiante.

Judy se enderezó de un salto y alzó los brazos.

—¡Voy a estudiar en la universidad!

Mal humori-tud

Judy siguió a papá por el camino flan-
queado de árboles del campus de la Universidad Colonial, pisando, a propósito,
todos los charcos que pudo encontrar.
Pasaron junto al estanque de los patos, y
por delante de una imponente biblioteca
con un reloj en la torre, y de una asom-
brosa escultura que parecía tocino con
huevos. Al final, llegaron a un edificio de
ladrillo de cuatro pisos con puntiagudas

torres que parecía un castillo y estaba cubierto de hiedra.

—Aquí es —dijo papá—. La entrada Grace Brewster Murray Hopper.

Subieron un largo tramo de escaleras y caminaron por un largo pasillo hasta una puerta en la que decía: "DEPARTA-MENTO DE MATEMÁTICAS".

—Llegamos —dijo papá.

Una chica de ojos verdes y con una cola de caballo bastante despeinada salió a su encuentro.

—Ustedes deben de ser los Moody.

—Sí. Yo soy Richard Moody y ella es mi hija Judy —dijo papá.

—Hola. Yo soy Cloe. Cloe Canfield.

Mis amigos me llaman "C al cuadrado" porque mi nombre tiene dos *Ces*, o sea que soy C^2. Por eso trabajo en la sección de matemáticas.

—Muy gracioso —dijo papá, estrechándole la mano.

—No entendí —dijo Judy.

—Es álgebra —le explicó Cloe.

—¿Álgebra? ¿No te informaron bien? Yo apenas estoy en tercero.

Cloe se rió.

—Lo que quise decir es que cuando multiplicas un número por sí mismo lo elevas al cuadrado.

—¡Ah, sí! O sea, que si estoy de un humor tan malo que es como dos malos humores, estoy de un mal humor al cuadrado, ¿es así?

—Exacto. Moody mal humor al cuadrado —dijo Cloe. Papá se mordió los labios.

—¡Haciendo cálculos! ¡Cuadrando números! ¡Eso estoy haciendo! ¡Viva! —exclamó Judy.

—Para eso estás aquí —dijo Cloe—. Las matemáticas están por todas partes. Las matemáticas son como la vida misma. Ya lo verás. Te vas a divertir.

—Bueno. No sé —dudó Judy. Había tarjetas con números sobre la mesa. Donde hay tarjetas con números, gatos en triángulos y macarrones, es difícil que haya mucha diversión.

—Te vas a divertir —dijo papá, acariciando la coronilla de Judy. Ella no estaba tan segura—. Volveré dentro de una hora para recogerte.

—¡Son sesenta minutos enteritos! —se quejó Judy.

—Sip, tres mil seiscientos segundos —Cloe condujo a Judy a un sitio en el que había una mesa llena de bloques de esponja, bloques de colores y (¡Oh, no!) tarros con… ¡Cuántas cuentas! Durante unos segundos Judy había pensado que la universidad iba a ser divertida, pero ésta era una universidad para bebés.

Ella, Judy Moody, estaba de mal humor. Un mal humor doble. Un mal humor al cuadrado.

—Ésta es la "Sección de Investigación" —indicó Cloe.

La "Sección de Investigación" seguramente era otra manera de llamar a la "Sección de Tareas".

—¿Qué te llama la atención? —preguntó Cloe señalando unas estanterías que estaban repletas de juegos.

—¿Quieres decir que vamos a jugar a lo que yo elija y que no tengo que contar las cuentas que hay en cada tarro?

—Sé que si te hago escribir sumas y más sumas, te volverás loca. Estoy segura de que prefieres jugar a algo. Después, llegaremos al momento *clave*.

—¿*Clave*?

—Bueno, ya sabes, al momento de la verdad.

—Ya, tú quieres decir *el momento culminante*. Quiero jugar al Juego de la Vida. Se ve muy divertido.

—Bien —dijo Cloe. Se metió la caja bajo el brazo—. Vamos.

—¿Vamos? ¿Adónde? ¡Si ya estamos aquí! ¿No es esta la "Sección de Investigación"?

—Conozco un sitio mejor para estudiar matemáticas. El Café Gato.

Judy siguió a Cloe hasta la cafetería del campus. ¡Um, olía a pan caliente!

Estaba llena de chicos y chicas que leían, estudiaban y escribían a toda velocidad en computadoras portátiles colocadas sobre sus rodillas.

Cloe pidió un café grande, espumoso, con leche descremada, sin batir y doble ración de vainilla (el café de moda); y Judy pidió chocolate caliente en un tazón.

Cloe le dio un billete de diez dólares y Judy tuvo que ir a pagar como un adulto y contar bien el cambio. Le devolvieron tanto dinero que hubiera podido comprarse un celular de chocolate que había en el mostrador.

Sentadas cerca de una ventana, Cloe abrió el tablero del juego y Judy la ayudó

a colocar las montañas, los puentes y los edificios.

Cloe le dio a Judy un auto para que lo condujera (por el tablero, claro).

—Me encanta este juego, porque es como la vida misma. Tienes que ir a la universidad, buscar un trabajo, ganar dinero y comprarte una casa.

—Yo ya sé lo que quiero ser de grande —dijo Judy—. Quiero ser médico.

—¿De veras? —dijo Cloe—. ¿En la realidad o en el juego?

—Las dos —dijo Judy.

—O sea, que eres una *premed*. Así se llaman los que van a entrar en la facultad de medicina. En tu caso eres una *pre-premed*.

—*Premed* al cuadrado —dijo Judy.

—Uno de mis "colegas" quiere también ser médico —dijo Cloe.

—¿Colegas?

—Sí. Uno de mis amigos. Mira, si ya estás en la Uni, vas a tener que aprender a hablar nuestro idioma.

—¿Te cae? —preguntó Judy.

—¿Ves? Ya hablas como yo —dijo Cloe riéndose.

En el Juego de la Vida, a Judy le tocó ser el banco.

—Mi hermano pequeño, Stink, SIEMPRE pide ser el banco —le explicó a Cloe. Ahora ella, Judy Moody, y no Stink, se ocupaba de montones y montones de dinero y tenía que contar billetes de mucho valor. Y Cloe la dejó ser médico, aunque escoger las tarjetas de las profesiones estuviera contra las reglas.

Judy ganó un montón de dinero y se casó y compró un televisor de plasma y aprendió el lenguaje de señas y encontró un tesoro enterrado en el Gran Cañón y ayudó a gente sin hogar. Ni una sola vez se le cayó encima un árbol, ni tuvo la crisis de los cuarenta.

—¡Me encanta *la vida!* —exclamó Judy.

—¡No me extraña, casi me ganas hasta los pantalones! —se rió Cloe, sujetándose los *jeans*.

Judy se rió con la broma y luego preguntó:

—Oye, Cloe, hablando de ropa, ¿por qué llevas pantalones y encima un vestido?

—Es mi estilo, mi *look* —dijo Cloe—. El *look* de la artista que hay en mí.

—¿Por eso llevas camisas sueltas y agujeros en los pantalones y ese tatuaje con una flor, y te tiñes el pelo de rojo?

—Supongo que sí —dijo Cloe.

—¡Cheverísimo! —exclamó Judy.

En el camino de vuelta hacia el Departamento de Matemáticas, Cloe y Judy tomaron un atajo por el estacionamiento.

—Mira cuantos "escarabajos" Volkswagen hay —dijo Judy—. Uno verde, dos rojos, uno azul, otro amarillo. Mi hermano se volvería loco. Le encantan.

—¿Te gustan los "escarabajos"? —preguntó Cloe—. El mío es ese verde de ahí. A ese color le llaman *Verde lagarto*. Yo le llamo *Saltamontes de junio*, porque me lo compré el junio pasado.

—¿Te cae? ¡Qué suave! ¡Hasta tiene un florero de verdad en el tablero! Oye,

¿te das cuenta de que estás cultivando un cepillo de dientes en tu florero? —Judy se moría de risa.

—¿Sabes qué? —dijo Cloe—. Vamos a contar todos los "escarabajos" que hay en el estacionamiento y a escribir cuántos hay de cada color. Luego, volveremos al laboratorio y te enseñaré a hacer una gráfica.

Judy recorrió a toda prisa el estacionamiento, contando montones de autos: rojos, azules, amarillos y verdes. Sólo vio uno plateado y uno gris.

—El gris parece un robot —comentó Judy.

De vuelta en el Laboratorio de Matemáticas, Judy hizo una gráfica y coloreó los

cuadrados según cada color: rojo tomate, azul marino, amarillo girasol... A Judy se le pasó el tiempo volando.

—Llegó Richard —dijo Cloe, mirando hacia la puerta.

—¿Quién es Richard? —Judy levantó la cabeza y vio a su padre de pie en el umbral—. ¿Ya pasó una hora? —preguntó—. Sentí como si sólo hubieran pasado cinco minutos. ¿No puedes irte un ratito más?

—Te divertiste con las matemáticas, ¿eh?

—Estoy aprendiendo a hacer gráficas, y cuando termine, Cloe dice que la puedo colgar en la pared. ¡Será como un graffiti!

Una nueva actitud

Judy estaba deseando volver a la universidad. ¡Tres veces a la semana! Tener una maestra particular era "hiper-guau". Hiper-guau al cuadrado.

En sólo dos semanas Judy había adquirido un nuevo interés en la vida.

Ella, Judy Moody, una mañana, antes de salir a la escuela, se movía coquetamente por la cocina. Llevaba un vestido encima de unos *jeans* desgarrados en las rodillas, un corto, cortísimo mini-suéter, una bufanda fantástica, unas diminutas gafas, una docena de pulseras y curitas con dibujos a manera de tatuajes... Y chanclas.

—¿Hoy tienes teatro? —se interesó Stink.

—¡Para nada! —dijo Judy—. Sólo voy a representar mi vida.

—¿Cuántas camisas llevas? —quiso saber Stink.

—¿Es ése mi pañuelo? —preguntó mamá.

—Me vestí de universitaria —explicó Judy—, tengo tutoría esta tarde después de la escuela, Kate. —Cloe llamaba a los mayores por su nombre, así que ella trató de hacer lo mismo.

—Hace demasiado frío para ir con sandalias —dijo mamá frunciendo el ceño.

—Y vas a necesitar un abrigo —añadió papá.

"Padres. Unidad Paternal. Los viejos. Kate y Richard son tan *rucos*", pensó Judy.

—¡Los estudiantes universitarios no se ponen abrigo! —dijo Judy.

—¿Qué se ponen? —preguntó Stink.

—Se ponen lo que les pide su estilo, *su look* —contestó Judy.

—¿Así que tu estilo es vestirte como un payaso? —comentó Stink.

¡Qué hermanito que me cargo!

—Por cierto —dijo mamá—, ¿qué tal te va con Cloe?

—¡Me va súper suave, de lo mejor! Cloe es cheverísima. Conduce un escarabajo verde lagarto que se llama "Saltamontes de junio" y tiene el pelo teñido de rojo, una sortija en un dedo del pie y siete *piercings*.

—Nadie necesita tantos agujeros en la cabeza —comentó papá.

—¡Cabeza de queso suizo! —exclamó Stink—. Yo también tengo siete agujeros en mi cabeza. Dos ojos, dos orejas, dos agujeros de la nariz y la boca, suman siete.

—Esa Cloe, ¿sabe algo de matemáticas? —preguntó mamá.

—Esa Cloe, ¿tiene cartones con números? —preguntó Stink.

—Para su información, les diré que no utilizamos cartones —dijo Judy—; pero jugamos a *Bingo multiplicado* y a *Tic-tac galleta* con oreos. También hicimos unos "pantalones gigantes triangulares" con bloques de esponja —Judy se burló—. ¡Quedaron tan *fashion!*

—Me pregunto qué tiene que ver un montón de esponjas con las matemáticas —dijo Stink—. ¿Verdad, mamá? ¿Verdad, papá?

"Cosas de la vida: Stink = plasta."

—Stink me refiero a bloques de esponja. Los inventó un chico. Verás, si colocas correctamente los lados y los ángulos, puedes formar cualquier polígono —mamá alzó una ceja y miró a papá.

Papá alzó otra ceja y miró a mamá.

—¡Guau! ¿Puedo ir yo también a la universidad? —preguntó Stink.

Judy no le hizo ni caso.

—Dice Cloe que no hay que tener miedo a las mates —les explicó Judy a Kate y a Richard—. Con un poco de práctica, como pasa con el piano o el fútbol, uno agarra la onda. Y sobre todo no hay que olvidarse de divertirse.

—Bueno, me gusta esa actitud tan positiva —dijo mamá.

—¿Quieres decir mi mati-tud? —bromeó Judy, partiéndose de risa —Cloe dice que las mates están en todas partes. Que son como la vida misma.

—Bueno, pues entonces date prisa —dijo mamá—. No vayas a llegar tarde a tu propia vida.

✿   ✿   ✿

Camino a la escuela, Judy le hizo una pregunta a su *reloj resuelvedudas 5000.*

—¿Volverá el señor Todd hoy? —apretó el botón verde.

No lo sé.

Lo intentó de nuevo.

—¿Volverá el señor Todd hoy?

No puedo decirlo.

Lo intentó por tercera vez.

—¿Volverá hoy el señor Tood?

¡No y no!

En cuanto entró a la escuela corrió a su salón. Ni rastro del señor Todd. ¡No había derecho!

La señora Gordillo, no tan gordilla, no pareció notar *para nada* su nueva actitud de "las mates están por todas partes". Y por si fuera poco, le contó a la clase que el señor Todd se había roto un tobillo en Italia. (Seguro que bailando la tarantela). El señor Todd no volvería a la escuela en, por lo menos, dos semanas más.

Y como sus colegas, bueno, sus amigos, estaban tan poco *universitarios*... Cuando vieron entrar a Judy pensaron que era un espantapájaros.

—¿Qué te pasó en las rodillas? —preguntó Rocky.

—¿Te caíste de la bici y te rompiste los pantalones? —preguntó Frank.

—¿Te lastimaste? ¡Estás llena de curitas! —dijo Amy Namey.

—Son tatuajes —corrigió Judy.

—Es algo pasajero —afirmó Rocky—. Igual que cuando vino en pijama.

—O con bata de médico —dijo Frank.

—O con traje de peregrina —observó Jessica Finch.

—Para su información les diré que los chicos y chicas universitarios van a clase en pantalones de pijama. ¡Qué suave!

—¿Qué? —preguntó Rocky.

—¿Qué? —preguntó Frank.

Algunas veces los chicos de tercer grado resultaban tan infantiles...

—¿Qué haces con tu maestra particular? —preguntó Amy.

—Cosas de la uni —dijo Judy—. Hablamos de álgebra y...

—¿Álgebra?, yo ni siquiera sé qué es álgebra —dijo Jessica Finch.

—No es para tanto. Cuando salgo con mi amiga de la uni, tomamos café, conduzco un auto y hablamos por el celular.

—¡Qué chévere!

—Sí, súper.

—¿Tomas café?

—Bueno, yo tomé chocolate; pero fue en una cafetería y yo lo pedí y lo pagué y tuve que contar el cambio.

—¡Guau! —exclamó Frank.

—Pero lo del auto es broma —observó Frank.

—¡Claro que lo hice! —aseguró Judy—. De verdad.

—¡Claro! ¡Sentada en tres guías telefónicas! —dijo Frank.

—¡Y sin licencia! —añadió Jessica Finch.

—Conduje un auto en el Juego de la vida.

—¡Ah! —dijo Rocky. Amy y Jessica se rieron burlonas.

—¡Judy sabe conducir un auto, eso es verdad; pero el auto era de mentira! —dijo Frank. Y todos se partieron de la risa.

Presumi-tud

En el recreo de la mañana, Judy hacía como que hablaba por su celular de chocolate. En la clase de ciencias, Judy dibujó una caricatura de la señora Gordillo a base de polígonos.

A la hora del almuerzo, Judy exclamó:

—¡A papear! —Y esperó en la cola con sus colegas. Cuando llegó su turno pidió—: por favor un café grande en taza pequeña boca abajo, con espuma y leche descremada, bien batido y sin azúcar.

—No tenemos café —le dijo la señorita que atendía.

—¿Y chocolate caliente? —preguntó Judy; pero lo único que había era chocolate con leche. Que mala onda—. En la universidad te sirven chocolate caliente con un corazón encima dibujado con espuma. Y lo salpican con escamas de chocolate.

—¿De verdad? —dijo la señorita que atendía.

—¿Cuántas clases de cereal tienen aquí? —preguntó Judy.

—Ninguna. No tenemos cereales. Eso es para el desayuno. Éste es el almuerzo.

—En la uni, puedes desayunar a cualquier hora del día. Incluso a la medianoche —Rocky, Frank y Jessica adelantaron a Judy, que seguía preguntando.

—¿Hay una barra de ensaladas?

—La barra de ensaladas es sólo para los maestros.

—En la universidad todos podemos comer ensaladas de la barra. Hasta los estudiantes. ¿Qué clase de cafetería es ésta? Se debería llamar *cafeterribla.*

—¡Oye, *universitaria!* —gritó un chico de quinto grado al final de la cola—. ¡Muévete, que queremos comer!

Judy agarró su chocolate con leche sin batir, sin corazón de espuma y sin escamas y fue a sentarse junto a sus colegas.

—*Shhh,* ahí viene.

—¿De qué irá a presumir ahora?

—¡Se cree tan… *universitaria!*

Al final, ella, Judy Moody, acabó comiendo sola en una mesa.

"Cosas de la vida: un Rocky, menos un Frank, menos una Jessica Finch y menos una Amy Namey es igual a un cero patatero. Ni un colega."

Judy contempló su bandeja. Su sándwich de mantequilla de cacahuete y mermelada tenía un aspecto tan... infantil.

En el recreo nadie quiso jugar a lo que Judy proponía: buscar polígonos escondidos por el patio. Judy encontró un triángulo en las ramas de un árbol, un octógono donde la valla estaba rota y seis rectángulos en la escalera que subía al tobogán.

Y los encontró sola.

Por primera vez en su vida, Judy estaba impaciente porque empezara la clase de mates. Ella, Judy Moody, se sabía todas las tablas de multiplicar. "¡Atención, llegó la Calculadora Maniática. La Princesa Poligonal. La Gurú de las Gráficas. La Reina de las Fracciones! ¡Esperen y me verán amontonar caramelos por mis respuestas correctas!".

Por fin llegó el momento. La señora Gordillo empezó a escribir en el pizarrón. Judy se enderezó en su asiento. Paró bien sus antenas como hacía cuando hablaba el señor Tood. Y miró fijamente el pizarrón.

¿Palabras? ¿Por qué estaba la señora Gordillo escribiendo tantas palabras? ¿Qué tenían que ver las palabras con las mates? ¡Oiga! ¿Dónde están los números? ¿Y las fracciones y los signos de más, menos e igual?

Judy levantó la mano.

—Perdón —dijo—. Yo creía que ésta era una clase de matemáticas. ¿Qué son todas esas frases?

—Estamos empezando un nuevo tema —dijo la señora Gordillo—. Problemas verbales. Primero tienen que leer atentamente el planteamiento, después resolver el problema paso a paso.

Desde luego que Judy tenía un problema con los problemas verbales. Un problema con esas frases que se suponía que eran matemáticas.

La señora Gordillo señaló el pizarrón.

—Jill tiene veinticuatro tarjetas de San Valentín. Dio la mitad a sus amigos de la escuela...

Judy levantó la mano.

—¿Quién es Jill?

—Jill no es una persona de verdad.

Sólo es alguien que aparece en el enunciado de un problema.

—O sea, que su nombre podría ser Cloe —dijo Judy—. Y su escuela podría ser una universidad.

La señora Gordillo cerró los ojos y soltó un hondo suspiro.

—Por favor, Judy. ¿Me dejas terminar?... Luego, Jill dio la otra mitad de sus tarjetas de San Valentín a los amigos que vivían en su edificio, menos...

Judy levantó la mano de nuevo.

—¿Edificio? ¿Como una residencia de estudiantes?

—Eso no es importante. Es solamente un ejemplo.

—¿Vamos a tener que hacer una gráfica de este problema? ¿Con dibujos de San Valentín? —preguntó Judy—. Porque en la universidad hacemos gráficas...

—Judy, tengo que volver a pedirte que dejes de interrumpir.

—Yo sólo quería saber si... —replicó Judy.

La señora Gordillo soltó otro profundo suspiro y se puso pálida.

—A Jill le quedaban todavía suficientes tarjetas de San Valentín para darles a su mamá, a su papá y a su hermanita.

—Esa Jill no parece muy mate-ria-lista sino bastante mate-ria-tonta.

—¡Judy, se acabó! —dijo la señora Gordillo. Y señaló la tienda de campaña que había en el fondo del salón de clases.

—¿Tengo que irme a la tienda?

—Hoy tienes lo que yo llamo una "Actitud para ir a la tienda de la Buena Actitud" —dijo la señora Gordillo.

—Pero no estoy en actitud de acampar —protestó Judy.

—¡Vete a la tienda! Y no salgas hasta que no muestres una mejor actitud. Y no quiero oír ni una sola palabra más sobre la universidad, Judy.

¡Vaya! La verdad era que la causante de que ella fuera a la universidad había sido la señora Gordillo. Judy deseó que la señora Gordillo se fuera al sitio del que

había venido. Probablemente Mates-ha-chu-setts, Nueva Inglaterra.

Judy agachó la cabeza y caminó hacia el final del salón. Se metió en la tienda. Era como la tienda del club Si te Orina un Sapo. Sólo que dentro no había sapitos. Menos mal. *¡Guácala!*

Ella, Judy Moody, ni siquiera jugó con su *reloj resuelvedudas 5000*. Pensó en lo que había hecho sin poder comprender para nada qué era lo que no le había gustado a la señora Gordillo de su actitud. ¿Es que no se había dado cuenta de su buena *mati-tud* nada más con verla?

Ahora su buena *mati-tud* se había vuelto una *malamati-tud*.

"Las mates no eran justas. Mates =
vida. La vida no era justa."

¿Ves? Una persona puede ir resolviendo un problema paso a paso incluso en una "Tienda de la Buena Actitud". Mínimo, una debería tener derecho a una *malamati-tud*

No tanta mali-tud

Judy Moody estaba en el calabozo. Tenía la peor actitud hacia las matemáticas que uno pueda imaginar. Era toda una mali-tud.

—¿Qué te pasó? —le preguntó Cloe aquella tarde en la tutoría—. Apenas comiste un poco de tu fracción de pizza.

—Estoy de mírame y no me toques —dijo Judy.

—Todo el mundo está alguna vez de mírame y no me toques —dijo Cloe—.

Todo depende del modo de pensar, de la manera en que mires las cosas.

—A la señora Gordillo no le gusta mi modo de ver las cosas. No le gusta mi *actitud*. Así que me mandó a la "Tienda de la Buena Actitud", pero lo único que conseguí fue que me picara una araña. Esto hizo que mi *actitud* pasara de mala a peor.

—Yo conozco algo que podría mejorar tu *actitud* —dijo Cloe.

—¿No irás a decir "álgebra"? —se alarmó Judy.

—No. ¿Qué te parecería venir a la universidad el sábado?

—¡Ah, no! ¿Quieres que estudie mates también los fines de semana?

—No para estudiar mates, tontuela. ¿No te gustaría venir y pasar el día conmigo en la uni? Sólo para divertirnos.

En aquel preciso momento, ella, Judy Moody, descubrió lo que se sentía cuando se cambiaba completamente de actitud. Era exactamente igual que cuando se pasaba del mal humor al buen humor. Se siente lo mismo que cuando la picadura de una araña deja de picar. O como cuando te invitan a pasar un día entero divertido y sin mates en la universidad.

Judy estaba deseando que llegara el sábado.

❧   ❧   ❧

Judy se despertó por equivocación a las seis en punto la mañana del sábado. Un día sin escuela. Cloe le había dicho que a los chicos de la universidad les gustaba dormir hasta tarde, así que Judy trató de pensar como una universitaria y procuró volver a dormirse. Imposible.

—Yo no sé qué tiene de divertido eso de la universidad —observó Stink—. Todo

lo que hacen es cargar con libros muy gordos y llevar unos audífonos en las orejas para escuchar música. Y algunos chicos tienen que vivir allí, sin sus padres, y se tienen que lavar su ropa.

Para ser un chico que leía la enciclopedia, verdaderamente Stink no sabía gran cosa.

—Stink, lo que pasa es que no tienes una buena *actitud* hacia la universidad. Espera a ser mayor y a saber más, como yo ahora.

—¿Cuando yo sea mayor y sepa más, comeré también la sopa con tenedor?

—¡Buf! —exclamó Judy abriendo la puerta del lavaplatos para buscar una cuchara. Cuando volvió a su plato de cereal, sus Rosquitas del Humor habían teñido de rosa la leche.

¡Estupendo! Leche rosa era buena suerte. Ésa era la primera señal de que ella, Judy Moody, iba a disfrutar del mejor día de su vida.

Luego, Judy consultó su *reloj resuelve-dudas* 5000, sólo para estar segura.

—¿Va a ser este día el mejor que he pasado en la Universidad?

¡Sipi!

Volvió a preguntar para estar completa y absolutamente segura.

¡Sin duda!

Era una señal. Seguro. Una señal al cuadrado.

❧　　❧　　❧

Judy siguió a Cloe hasta el tercer piso de la residencia estudiantil. La pequeña habitación estaba atiborrada de camas, mesas, computadoras y libros. Había una peluda alfombra color naranja entre las camas y, sobre ellas, unas colchas que imitaban pieles de cebra y de leopardo. Había pósteres en las paredes, y hasta en el techo.

También había una mini nevera de color rosa, un mini televisor y un mini microondas. Y hasta un despertador que era un conejito.

—¡Qué suave! —exclamó Judy—. ¡Tu habitación es tan pequeña y está tan llena de cosas! Todo es estupendo y mini. Tienes literas como yo, sólo que tú tienes la mesa debajo de la cama. Y tu despertador-conejo tiene radio y luz. ¿Hay un botón que si lo aprietas cuando suena, se enciende una luz?

Una chica en pantalones de pijama (igual-igual que Judy) entró y se dejó caer en una silla que parecía una bola gigante de goma.

—Hola, carnalita —dijo Cloe—. Ésta es mi nueva amiga, Judy Moody. Judy, ésta es mi compañera de cuarto, Bethany Wigmore.

Bethany Wigmore tenía un largo pelo negro y unos enormes ojos oscuros. Bethany Wigmore llevaba auriculares y un montón de collares y... ¡chanclas con piedras de colores!

—Tus chanclas están de muerte —dijo Judy.

—Gracias. Me las hice yo.

—¿De verdad? Me encantan.

—Es fácil —dijo Bethany Wigmore—. Sólo necesitas cristales y abalorios y un tubito de pegamento. Ven, te enseñaré cómo se hace.

Bethany Wigmore enseñó a Judy a decorar chanclas. Luego, le dijo:

—Ahora, vamos a pintarnos las uñas de los pies.

—No, gracias —dijo Judy.

—Tenemos una pintura especial —dijo Cloe—. Cambia de color según tu humor.

—¡Entonces sí! —dijo Judy.

En un momento, Judy Moody tenía las uñas pintadas de un rojo brillante que empezaba a virar a morado. Era formidable, era chévere, era cheverísimo. *Sensacionalístico*.

¿Quién hubiera imaginado que tener una compañera de cuarto podía hacer que la vida no fuera tan aburrida?

—Vamos a papear —dijo Cloe—. Te llevaré al comedor, luego puedes venir conmigo a clase.

—¿A clase? —exclamó Judy. En principio "clase" sonaba de lo más aburrido; pero en cambio, "clase" en la universidad sonaba como algo de lo que luego podría presumir.

—A clase de pintura —dijo Cloe—. Te vas a divertir, ya lo verás. Pirémonos.

Bethany Wigmore les dijo cuando salían:

—¡Nos pillamos!

❧   ❧   ❧

Camino hacia el comedor, pasaron por un gran espacio de hierba en el centro del campus que se llamaba el cuarteto. Cada centímetro estaba ocupado por tiendas de campaña. Judy no había visto en su vida una explanada tan enorme de "Tiendas de la Buena Actitud". ¿Acaso todo el mundo en la universidad tenía una actitud negativa?

—¿Es que todos los chicos que están en esas tiendas se metieron en líos y los mandaron "a cambiar su actitud"?

—Éstas no son "Tiendas de la Buena Actitud" —dijo Cloe—. Es una caravana de la paz. Sólo que, en vez de marchar, la gente durmió anoche en esas tiendas para manifestar que están a favor de la paz.

—O sea... que "descansaron en paz" —dijo Judy con un guiño.

—¡Muy bueno! —aprobó Cloe—. Bueno, vamos a buscar a mi amigo Pablo.

Redoblaban tambores, bailaban bailarines y la gente ondeaba pancartas... Todo por la paz. Pablo, el amigo de Cloe, era uno de los percusionistas. Dejó a Judy hacer todo el ruido que quiso con el bongo. Ella se decidió por el *hula hoop* de la paz y luego tiñó una camiseta. En la parte de delante dibujó el signo de la paz y escribió: ¡LA PAZ ES CHÉVERE!

Se sentaron a esperar a que la camiseta de Judy se secara; hasta que Cloe dijo:

—Esto es tan divertido como esperar que se seque la pintura. ¿Verdad? Ven.

Vamos a ver qué hay en la tienda de yoga.

La tienda de yoga tenía una vibra de lo más pacífica. Judy aprendió a poner sus brazos y sus piernas en diferentes posturas. Imitó la posición del gato, de la montaña, de la silla y de un "no mate-triángulo".

—¡Quién iba a pensar que la paz podía ser tan divertida! —dijo Judy tratando de decidir qué camiseta le gustaba más: la de "COMÍ TIBURÓN" que llevaba puesta, o la nueva que decía "¡LA PAZ ES CHÉVERE!".

Próxima parada: la cafetería. Judy se comió un pan con sirope de tres colores, una ensalada de la barra "No-sólo-para-maestros", y la mitad de la hamburgue-

sa de Cloe, que estaba hecha de solo verduras, menos berenjena. ¡De verdad!

No tuvo que esperar en fila. No tuvo
que aguantar empujones de los mando-
nes de quinto grado y, sobre todo, no
tuvo que comer cosas aburridas como

sándwiches de mantequilla de cacahuete con mermelada. ¡Tan típicos de los niños de kínder! Como los que servían en la *cafeterribla*. ¡Quién iba a pensar que unas verduras mojadas en una extraña salsa pudieran saber tan… ¡Deli!

Arti-tud

—¡Pirémonos! ¡Date prisa, no podemos llegar tarde a clase! —dijo Cloe. Y salieron corriendo por el campus hasta la facultad de Arte. Judy siguió a Cloe a lo largo de un pasillo bordeado de taquillas de colores. Pasaron por delante de la clase de cerámica, en la que había gente haciendo girar sus tornos; por la clase de escultura, en la que los estudiantes estaban construyendo figuras con barro, y por una clase... ¡En la que había una señora desnuda!

Judy apretó los ojos con fuerza:

—Por favor, dime que NO VAMOS a la clase de la señora desnuda.

Cloe casi escupe el café que tenía en la boca al reírse.

—Es la clase de dibujo natural. Para ser artista es necesario saber copiar la vida misma.

—Cuando yo dibuje "natural" no será un desnudo completo —aseguró Judy.

En la clase de pintura, Judy se sentó junto a Cloe. Era una sala oscura donde miraron unas diapositivas de cuadros. Los había de huesos, de girasoles gigantes y de tormentosos cielos nocturnos. Hasta de botes de sopa. Había otros hechos con hojas y lunas recortadas y pegadas sobre el papel; y pinturas que parecían chorretones hechos por botes de pintura volcados accidentalmente, de las que un señor (al que todos tenían que llamar profesor) decía que eran obras maestras. Había además pinturas en blanco y negro de pájaros que lastimaban los ojos si los mirabas durante mucho rato.

—Esos cuadros son "chiflados" —dijo Judy, soltando una carcajada. Cloe se llevó un dedo a los labios.

—En Tercero tampoco se puede hablar cuando el maestro está hablando —dijo

Judy en un murmullo—. ¡Igual-igual que aquí!

El señor profesor "al-que-le-gustaban-los-cuadros-chiflados", hablaba y hablaba sin parar sobre las sombras de cada cuadro.

Sombras por aquí y sombras por allá. Las sombras parecían ser muy, muy importantes en el arte.

Cuando la proyección de diapositivas y la interminable charla terminó, todo el mundo se puso a hacer su propio cuadro. (¡Por fin!)

Judy se acomodó al lado del caballete de Cloe, frente a una mesa alta y armó un tremendo desorden. En la universidad no importa si llenas la mesa de pedazos de papel. En la universidad no importa si cae pintura al suelo. Y en la universidad no importa cuánto material gastas, aunque uses una botellita entera de pegamento azul fosforescente.

Cloe le explicó que preocuparse por las reglas estaba pasado de moda. Cloe dijo que el arte es vida y la vida es desordenada, así que el arte debía ser desordenado.

En la universidad lo que importaba era: 1) que utilizaras tu imaginación y 2) que fueras tú misma. ¿Qué otra persona podía ser ella, Judy Moody?

Judy estaba tan enfrascada en usar su imaginación y en ser ella misma que hizo siete obras de arte en un momento. Entre ellas, una monstruosa flor atrapamoscas, un autorretrato dividido en cuadrados y una pintura que representaba el mal humor, parecida a la de los chorretones de pintura que había pintado el tipo aquel, sólo que con un toque de Judy.

Cloe estaba pintando un cuenco de cerezas sobre un taburete.

—¿Sigues trabajando en el mismo cuadro? —preguntó Judy.

—Pintar naturaleza muerta cuesta mucho trabajo —dijo Cloe.

—Si, pero supongo que quieres acabarla mientras todavía estés *tú* viva, ¿no?

¡Son sólo cerezas! —Judy torció la cabeza—. ¿O son peces de colores?

—¡Muchas gracias! —dijo Cloe.

—Deberías ponerle lunares en el fondo —dijo Judy—. Y le falta un gato o algo así.

Cloe dijo que las sugerencias de Judy le gustaban, pero Judy no vio que pintara lunares. O gatos. Sólo las mismas viejas cerezas en el mismo cuenco.

Judy tomó la bandeja de corcho blanco de supermercado que estaba debajo del cuenco de cerezas de verdad de Cloe.

—¿Me la puedo llevar para hacer una pintura pop-art como la del tipo que pintó los botes de sopa?

—Llévatela —dijo Cloe.

Una pintura pop-art. Judy acababa de aprender qué era eso. Es un retrato de algo que se ve a diario, como un bote de sopa, algo en lo que uno nunca se habría fijado, pero que, si lo pintas en un rojo brillante o en un amarillo llamativo, de repente te sorprende y piensas en ello.

Judy pintó en la bandeja de corcho blanco una curita. Hizo muchos agujeros para simular los que tienen las curitas. Luego, echó pintura de diferentes colores fosforescentes en la bandeja y la presionó nueve veces sobre un gran pedazo de papel.

—Mi obra pop-art impresiona. ¿Verdad que sí? —le preguntó Judy a Cloe.

—¿Lo hiciste tú? —exclamó Cloe—. ¡Es fantástica, de veras!

Cloe no había pintado ni un solo lunar. Ni siquiera un pelo de gato.

—¿Todavía no terminas? —preguntó Judy—. Eres más lenta que una tortuga.

Cloe se echó a reír.

—Bueno. Vámonos. Ya terminaré esto luego.

Judy recogió todas sus pinturas.

—Las voy a colgar en mi cuarto como si fuera una exposición de arte. Creo que ésta es la mejor. La llamaré *Retrato de una curita-no-bote-de-sopa-sin-sombras. Edición de lujo.*

—Me gusta que la hayas firmado sólo "Jude".

—Es mi nombre artístico.

—Bueno, Jude, creo que será mejor que la dejes aquí, porque aún no está bien seca.

—¡Ah no! —dijo Judy.

—No te preocupes. Yo la cuidaré. Podrás recogerla la próxima vez que vengas a clase. Y ahora te llevaré a casa. Tengo que preparar un trabajo de veinte páginas sobre Platón y Sócrates.

—¿Sobre un plato grande y secretos? Bueno, por lo menos vas a escribir sobre cosas divertidas, ¿no? —comentó Judy.

—Sí, tienes razón —dijo Cloe mientras entraban en el escarabajo verde lagarto—. Te gustó la clase de arte, ¿verdad?

—Me requeteencantó —dijo Judy sonriendo de oreja a oreja.

Judy pensaba que sólo había tres cosas malas en aquello de la universidad:

1) ir a clase en sábado, 2) la clase de la Señora Desnuda, y 3) charlar por los siglos de los siglos sobre sombras.

Aparte de esto, en la universidad casi no había reglas, y todo el mundo hablaba mucho de ser pacífico. Se podía estar levantado mucho rato, hasta muy tarde, charlar con carnalitas como Bethany Wigmore y tocar el tambor con colegas como Paul y dormir en "tiendas de la no actitud", y comer hamburguesas vegetarianas todo el día y convertir cualquier cosa aburrida y corriente en arte.

La universidad era de lo más súper cheverísimo y suave del mundo.

Gati-tud

En cuanto llegó a casa de la universidad, Judy les preguntó a Kate y a Richard si podía tener una mini nevera rosa en su cuarto. Le dijeron que ni hablar. Judy llamó a Cloe por el celular, el de verdad, no el de chocolate.

—Dicen que las neveras deben estar en las cocinas —le contó a Cloe. "Son unos rucos".

Al día siguiente, Judy echó un largo vistazo a su habitación.

Tenía un *look* triste. Había llegado el momento de un cambio.

Iba a renovarla, a darle un aire más "universitario".

Para empezar, amontonó toneladas de almohadones en el suelo. Luego, pintó con un rotulador rayas de cebra en las colchas.

Después colgó sus pinturas en las paredes y en el techo, utilizando curitas para pegarlas. Reservó un sitio de honor para su *Retrato de una curita-no-bote-de-sopa-sin-sombras. Edición de lujo.*

¡Súper! Ahora lo único que faltaba era una vieja alfombra despeluchada y descolorida como la de Cloe. Pero, ¿cómo convertir una vieja y no despeluchada alfombra aburrida en un feroz animal de la jungla con su pelambrera?

Lo intentó con polvorientos conejos de peluche que sacó de debajo de la cama. Probó con pelusas. Incluso lo intentó haciendo que Mouse se revolcara sobre la alfombra para mejorarla y llenarla de pelos de gato.

Judy se puso de pie para admirar su nueva alfombra animal. La verdad es que no parecía un tigre. No tenía una espesa piel. Parecía, más bien, una gigantesca pelota peluda. Y para empeorar las cosas, Kate la obligó a pasarle la aspiradora si no quería quedarse sin mensualidad.

Judy se sentó en la litera de abajo para pensar. Mouse estaba persiguiendo una bola de lana. Una bola de lana naranja. Una bola de lana blandita y peluda.

—¡Mouse, dame eso! —pidió Judy, y se puso a perseguirlo, a cuatro patas, por toda la habitación, derribando montones de almohadones, de libros y hasta la papelera.

—¿Qué pasa? —quiso saber Stink— ¿Qué estás haciendo?

—¿Tú qué crees? —le dijo Judy.

—Estás persiguiendo al gato —dijo Stink—, pero, ¿por qué estás persiguiendo al gato?

—Para quitarle la bola de lana —dijo Judy.

—¿Y para qué quieres la bola de lana?

—Para cortarla en un millón de pedacitos.

—¿Y para qué la vas a cortar en un millón de pedacitos? —preguntó Stink.

—Para hacer una peluda alfombra naranja. ¿Cómo te parece? Quiero darle un aire nuevo a mi habitación.

—¡Mamáaa...! —gritó Stink—. ¡Judy está persiguiendo al gato para quitarle una bola de lana para cortarla en un millón de pedacitos y hacer una alfombra peluda para su cuarto!

¡Qué PDH! (Plasta De Hermano)

Después del experimento de la alfombra, Judy se buscó algo más tranquilo.

—Paz, paz... —le decía a todo el que se cruzaba con ella—. Me voy a mi tienda.

La tienda del Club Si te Orina un Sapo era igual que la Tienda de la Buena Actitud, sólo que sin problemas de actitud. Judy se metió. Era un lugar secreto y tranquilo, como las tiendas de la paz de la universidad. Se echó al suelo sobre sus rodillas y sus manos. Mouse se quedó quieto sobre sus cuatro patas, mirando. Judy arqueó la espalda. Mouse arqueó la suya. Judy inhaló y exhaló. Mouse inhaló y exhaló.

Judy se miró el ombligo. Trató de llenarse de paz.

—¿Qué tanto haces? —exclamó Stink entrando de golpe en la tienda.

—Stink, estás destrozando mi paz.

—¿Que estoy destrozando tu qué?

—Esto es yoga —dijo Judy—. Mouse y yo estamos haciendo la postura del gato.

—Mouse parece un gato —dijo Stink—, pero tú pareces alguien que se está mirando el ombligo al revés.

—Inténtalo tú —dijo Judy—. Lo aprendí en la universidad.

—Yo puedo mirarme el ombligo estando sentado —dijo Stink—, y sin haber ido a la universidad. Además, mirarte el ombligo es tan divertido como mirar a la pared.

—Eso también lo hacen en la uni —dijo Judy.

—A-bu-rri-do —dijo Stink.

—Hola, ¿qué hacen? —preguntaron Rocky y Frank, colándose en la tienda con sus patotas de niño.

—¡Ah, sí! Yo había venido a decirte que Rocky y Frank iban a venir.

—¿Acaso nos vamos a poner en cuatro patas para una reunión del Club Si te Orina un Sapo?

—Es *yogur* —dijo Stink —lo aprendió en la universidad.

—Yoga, no yogur. Es un ejercicio, no una cosa de comer.

Estaba claro que Stink no había leído el tomo de la Y de yoga de la enciclopedia.

—A ver. ¡Déjanos ver cómo lo haces!

Judy les mostró cómo arquearse igual que un gato. Les mostró como doblarse en dos como una silla plegable, estirarse hasta el cielo como un guerrero y sostenerse sobre un pie como un árbol.

—Y ahora, cierren los ojos, pero no piensen, dejen su mente en blanco.

—Yo no puedo dejar de pensar —dijo Frank—. Sigo pensando en lo tonto que es sostenerse en una sola pierna y hacer como si fuera un árbol y, encima, no pensar y mantener la mente en blanco.

—Me siento como un flamenco —dijo Stink—. O como una cigüeña medio dormida.

—No hablen —dijo Judy. Y apretó los ojos con fuerza.

¡CATACRÁS! Cuando Judy abrió los ojos se encontró con los chicos tirados en el suelo en un revoltijo de brazos y piernas, y muertos de risa.

—¡Postura de pulpo! —dijo Stink, con sus piernas hacia arriba.

—Para tu información, no existe ninguna postura de pulpo en yoga.

Judy cerró los ojos otra vez y trató de escuchar sin alterarse, pero lo único que pudo oír fueron más golpes, revolcones y risas.

Rocky tenía el cuello estirado hacia el techo. Frank tenía los brazos y las piernas retorcidos como si fuera un monstruo. Y Stink estaba encogido y hecho una bola.

—Postura de jirafa —gritó Rocky.

—Postura de superhéroe —añadió Frank.

—Postura de queso azul maloliente —dijo Stink.

—¡Guácala! —dijo Rocky abanicándose con su mano—. Deberías llamarla "postura de soltar gases" —los chicos se retorcieron de risa.

Estaba claro que los chicos no servían para disfrutar de la completa paz del yoga.

Suspensi-tud

A la mañana siguiente, cuando Judy llegó al salón de Tercero T, ahora Tercero G, no había maestro en el aula. ¿Sin maestro? ¿Sin mate-caramelos en la mesa? ¿Sin "Tienda de la Buena Actitud"? Algo estaba mejorando. ¡Mejorando!

La clase, intrigada, se preguntaba qué podría haberle pasado a la señora Gordillo. ¿Se habría ido de campamento con su "Tienda de la Buena Actitud"? ¿Estaría

enferma por comerse todos los caramelos de respuestas correctas? ¿Habría
viajado a Italia para aprender a ser
mejor maestra?

Sonó la campana y seguían sin
maestro.

—Bueno, pues alguien tiene que hacer
de maestro —dijo Jessica—. Y creo que
debo de ser yo porque soy la más lista.

—Pero Judy Moody fue a la universidad —le gritó Frank.

—Y aprendió allí un montón de cosas
—dijo Rocky —. Sabe convertirse en un
gato, en una silla y en un árbol.

—¡Judy Moody! ¡Judy Moody! —coreó
toda la clase, pateando el suelo al com-

pás de la aclamación.

Ella, la maestra Judy Moody, se colocó frente a toda la clase y les habló de la universidad. Les habló de las habitaciones, de los tambores, de las hamburguesas vegetarianas y de las máquinas de autoservicio. Les habló de la barra de ensaladas, de pop-art y del campamento por la paz. Les enseñó a todos la postura del árbol.

Y les enseñó a poner la mente en blanco.

—No es como lavarse los dientes. Es pensar en cosas hasta que te duela la cabeza, como una especie de adivinanza o, más bien, como un dificilísimo problema.

—¿Como qué? —preguntó Frank.

—Pues, por ejemplo... si un árbol se cae en

la selva, y no hay nadie en millas y millas alrededor para oír el ruido, ¿hace ruido o no?

Toda la clase se quedó en silencio. En completo silencio. Quietud yoga, no quietud yogur. Toda la clase estaba profundamente concentrada en una profunda *actitud reflexiva.*

Justo en ese momento, Judy vio por el rabillo del ojo algo que se movía por el pasillo. Como una sombra. La sombra se movió. La sombra era...

—¡SEÑOR TODD! —gritó Judy, rompiendo el silencio de la profunda reflexión—. ¡Miren! ¡El señor Todd regresó!

—¡Señor Todd! ¡Señor Todd!

—¿Puedo probar sus muletas?

—¿Dónde se fue la señora Gordillo?

—¡Nos daba caramelos!

—A Judy no le daba; la mandó sola a la "Tienda de la Buena Actitud".

Cuando la clase de Tercero T, que ya no era Tercero G, se calmó un poco, el señor Todd les contó lo de su pierna rota y cómo tuvo que ir a ver al médico, por lo que había tardado en llegar. Les enseñó el yeso y todos los chicos y chicas firmaron en él.

—Estoy muy orgulloso de ustedes por su comportamiento durante el tiempo en que he estado fuera. Y, Judy, tienes que contarme tu secreto. ¿Cómo conseguiste que la clase estuviera tan callada?

—¡Nos estaba hablando de la universidad! —dijo Frank—. Judy Moody, además de estar en Tercero, ahora va a la universidad.

Le contaron al señor Todd lo de la señora Gordillo y lo de las clases particulares y lo de la universidad. Le contaron lo de los problemas en los que había que seguir varios pasos y lo de los caramelos en mates y lo de la Tienda de la Buena Actitud.

El señor Todd sonreía y fruncía el entrecejo y alzaba las cejas y se empujaba las gafas que se le escurrían nariz abajo.

—¡Todo lo que me he perdido en estas pocas semanas! Les voy a decir algo —el señor Todd miró su reloj—. Hoy ya casi se nos pasó el tiempo de la clase de ortografía. Vamos a tomarnos un recreo corto y, cuando volvamos, será la hora de la clase de matemáticas. Y les voy a plantear una adivinanza...

—¡No queremos exámenes!

—No se preocupen. No habrá calificación. Sólo quiero ver cómo están en matemáticas.

—Ufff... —gruñó la clase. Toda la clase menos Judy. Ella estaba encantada de que le plantearan una adivinanza. Estaba deseosa de mostrarle al señor Todd todo lo que había aprendido con su maestra: gráficas y fracciones y álgebra. Por una vez iba a ser ella la que iba a ganar montañas y montañas de caramelos en matemáticas.

El señor Todd distribuyó los papeles. Judy sacó su lápiz sonriente de la universidad para que le diera suerte. Los lápices de Tercero estaban pasados de moda. El lápiz de la universidad de Judy volaba, sólo tuvo que borrar dos veces. Hasta hizo una gráfica para subir sus calificaciones. No miró ni siquiera una sola vez su *reloj resuelvedudas 5000*.

Judy solucionó aquel *pop-problema*. Dominó aquella adivinanza matemática. El señor Todd se iba a quedar admirado ante la nueva mati-tud de Judy. Muy pronto ella iba a ser la orgullosa dueña

de barriles y barriles llenos de deliciosos
mate-caramelos.

¡Solucionado! Judy levantó la cabeza.
No podía creer lo que veían sus ojos. Ella,

la Genial-Matemática-Judy, no era la primera en terminar. Era la *última*.

—¡Se acabó el tiempo! —dijo el señor Todd—. Ahora tendremos quince minutos de lectura silenciosa mientras yo examino sus trabajos.

Durante quince silenciosos minutos, Judy leyó el libro de *Alas de gato*. Leía con los ojos, pero no con el cerebro. Todo lo que su cerebro podía pensar era en lo "superestupendamente" bien que iba a quedar en matemáticas.

El señor Todd fruncía el ceño. Levantaba la vista. Volvía a mirar el papel que tenía delante. Se rascaba la cabeza. El señor Todd fruncía el ceño una y otra vez.

Escribió y escribió con su lápiz rojo. Judy pudo observar que apenas tocó el lápiz verde para poner "buen trabajo".

—Clase —dijo por fin el señor Todd, levantando la vista y mirándolos a todos—. Tenemos un problema.

¿Un problema? ¡Claro que había un problema! Había diez problemas. Todo el mundo sabía que las mates estaban llenas de problemas.

—Corregí los trabajos y la mejor nota es para Judy Moody.

—¡Cheverísimo! —exclamó Judy. Pero no comprendía por qué razón ser la primera de su clase, ser la mejor en matemáticas, pudiera ser un problema.

—El problema es... que todos los demás fallaron.

¿Qué? ¿Que la clase entera había sido incapaz de resolver la prueba?

—La mayoría de ustedes no terminó la prueba. Parece que muchos ni siquiera lo intentaron. ¿Puede alguien explicarme qué está pasando aquí?

Toda la clase bajó la cabeza para mirar al pupitre, o al suelo, o a sus zapatos. Todos, menos Judy.

—Maestro Todd —dijo Judy, levantando una mano—. Yo sé lo que pasa. Yo tuve que ir a la universidad para ser una "súper-estupen-genio" en mates, y todos los demás se retrasaron.

—Umm... —murmuró el señor Todd—. ¿Alguna otra idea? ¿Jessica Finch?

Jessica carraspeó.

—Bueno, mmm... Rocky y Frank pensaron que sería estupendo ir a la universidad y dijeron que...

—Es nuestra culpa —dijo Rocky—. Pensamos que si todos fallábamos, necesitaríamos clases de apoyo y entonces tendríamos que ir todos a la universidad.

—Como Judy —dijo Frank.

—¡Maestro Todd! —reclamó Judy—. Creo que yo me merezco todos los caramelos, porque fui la única que resolvió la prueba. Y todos los demás deberían ir a la "Tienda de la Buena Actitud".

—Vamos a dejar algo claro —dijo el señor Todd—. Veo que la señora Gordillo ha seguido un método distinto durante las últimas semanas, pero en mi clase hacemos el trabajo para aprender, no para ganar caramelos. Y en cuanto a la tienda, parece que tenemos un problema de actitud más grande que cualquier tienda.

La clase de Tercero T guardaba silencio. No se trataba de un silencio pacífico, sino de un silencio inquieto y nervioso.

—Lo sentimos —dijo Frank.

—Lo repetiremos —dijo Rocky—. Y esta vez lo haremos de verdad.

El señor Todd asintió con la cabeza.

—Maestro Todd —dijo Judy—. Yo quiero hacerle una pregunta. Quiero decir, estaba pensando que... ¿si usted estuviera regañando a la clase y ninguno de nosotros estuviera aquí para escucharle, seguiría usted todavía enojado con nosotros?

Grati-tud

—¡Mamá, papá! —dijo Judy durante la cena aquella noche—. ¡Quiero decir, Kate y Richard! ¿Saben qué? El señor Todd nos puso un ejercicio en mates hoy y yo fui la única que lo hizo bien.

—¡Oh, no me digas! —exclamó Stink con desprecio—. Los demás fallaron a propósito, porque también quieren ir a la universidad.

¡Uf! Las noticias corrían rápidamente por la escuela.

—¿Y a mí qué me importa? El caso es que yo gané —dijo Judy.

—¿Ganó dinero? —preguntó Stink—. Porque yo soy muy bueno en mates, así que si a ella le dan dinero, a mí me lo tienen que dar también.

—Stink, eres un superplasta. Y no preguntes: ¿qué es un plasta? Porque eso hará que seas más super-extra-plasta todavía.

Cosas de la vida: Stink = Plasta. Plasta = persona insoportable.

—Nadie ganó dinero —dijo papá.

—Y nadie es un plasta —añadió mamá.

—Eso. Y ahora no estás en la universidad —dijo Stink.

—Y una buena noticia —anunció mamá—. Ya no tendrás que ir más a clases particulares.

—Así es. ¡Se te acabó el yogur!

—¿Qué? —a Judy le gustaba la universidad. Le encantaba tener una maestra particular.

—Ya sabías que iba a ser por poco tiempo —dijo papá—. Sólo era una ayuda temporal durante unas semanas, pero ahora el señor Todd regresó y estamos orgullosos de lo estupendamente bien que lo estás haciendo.

—Seguirás viendo a Cloe, cariño —dijo mamá—. Es posible que vaya a tu clase para apoyar al señor Todd. Y nos dijo que estaría encantada de venir a visitarte en cualquier momento.

—¿Sabe ella que Stink también vive aquí?

—Y ésa no es la mejor de las noticias —dijo mamá—. Cuando Cloe llamó esta mañana...

—¿Llamó Cloe? ¿Hablaste con Cloe? ¿Cuándo? ¿Dónde estaba yo?

—Estabas en la escuela... —dijo mamá.

—¡Qué horror, qué catástrofe! —Judy odiaba que su celular fuera de chocolate.

—Deja que mamá termine de hablar —dijo papá.

—Bueno, ¿recuerdas un cuadro que hiciste cuando pasaste un día en la universidad con Cloe?

—¡Sí! *Retrato de una curita-no-bote-de-sopa-sin-sombras. Edición de lujo.*

—¿Qué es eso?

—Es una pintura pop-art, como la de este tipo que pintaba botes de sopa, Andy Wargol.

—¿Andy Wargol? —se asombró Stink—. ¿Un futbolista?

—No. Un pintor. Andy Warhol —corrigió papá.

—¿Me dejas terminar? —preguntó mamá.

—¡Paz! —dijo Judy, alzando dos dedos.

—Estaba diciendo que dejaste allí la pintura, me imagino que para que se secara, y el maestro pensó que la había hecho uno de sus estudiantes. Eligió tu

pintura para colgarla en la exposición de arte de la universidad. Tiene una pequeña sala de exposiciones allí, en la biblioteca.

Judy no podía creer lo que estaba oyendo.

—¿Mi pintura? ¿En la universidad? ¿En una exposición de arte? ¿De verdad? —Papá se reía.

—Pensamos que te gustaría saberlo.

¿Gustarle? Eso era la millonésima fracción de lo que sentía. Estaba super-extra-encantada. Era cheverísimo al cuadrado. Ella, Judy Moody "Wargol", la maravillosa Jude, iba a estar en la exposición de arte de la universidad. ¡De verdad, verdadera!

—Tengo que llamar a Cloe —dijo Judy.

—¿Con tu teléfono de chocolate? —preguntó Stink.

—Stink, lo devolví. No eres un plasta, ni siquiera un plasta al cuadrado. ¡Eres un plasta al cubo!

—¡Un poco de plasta basta...! —canturreó Stink, balanceando la cabeza y pisando fuerte por toda la cocina.

—¡Qué plasta más plasta!

❧　　　❧　　　❧

A la mañana siguiente en la escuela, Judy chancleteó por el pasillo hasta llegar a la clase de Tercero T.

—Señor Todd —preguntó—. ¿Le dijo usted a Kate y a Richard que yo ya no necesitaba más *clases particulares?* La verdad es que aprendí muchas cosas en la universidad y me gustaría seguir yendo. Además, mi pintura está allí en una exposición de arte, y me encantaría ir a verla...

—¿Sabes, Judy? No eres la única que quiere ir a la universidad —observó el señor Todd.

—¿Qué quiere decir? ¿Es que usted no fue a la universidad de joven, quiero decir, para aprender a ser maestro?

—No. No hablo de mí. Me refiero a toda la clase. La clase de Tercero T va a ir a la universidad.

—¿Toda la clase necesita clases extras? Pensaba que habían hecho mal el examen a propósito.

—No vamos allí para tomar clases —dijo el señor Todd—. Vamos de excursión.

—¿A la universidad?

—A la universidad —dijo el señor Todd.

—¿Estará Cloe?

—Sí, Cloe estará allí. Vamos a pasar la mañana en el Laboratorio de Matemáticas.

—¿Y podremos ir a ver mi cuadro?

—Sí, podremos ir a ver tu pintura. Será estupendo, ¿no?

—Usted no se imagina ni la mitad de lo estupendo que es. Ni los tres cuartos.

Ni las nueve décimas de lo estupendo que es. ¡Gracias, señor Todd! ¡Gracias!

Ella, Judy Moody, tenía una nueva acti-tud: grati-tud.

Alegri-tud

Pasó una semana entera antes de que Judy y su clase fueran a la universidad. La semana les pareció un año. Por fin, llegó el día.

Cuando la clase de Tercero T llegó a la universidad, la primera parada fue el Laboratorio de Matemáticas. Judy los guió a la Sección de Investigación y les enseñó a hacer construcciones con bloques de esponja.

Además probaron las fracciones de la pizza de Cloe (a Judy le tocó recoger las cajas y las migas).

Luego Cloe repartió cartones para que dibujaran sus tableros de juego. Todos tuvieron que extender los cartones por el suelo y elaborar su propio juego.

Judy Moody dibujó en su cartón varias tiendas y un camino lleno de curvas que iba de unas a otras.

Cloe miraba por encima de su hombro.

—¿Qué es eso?

—Mira, empiezas en la "Tienda de la Buena Actitud" —explicó Judy—. Y tienes que ir por el camino sin caer en la Tienda de la Mali-tud. Para ganar tienes que llegar a la Tienda de la Grati-tud.

Después hizo una ruleta. Luego unas acti-cartas.

—¿Ves?, te pueden pasar cosas malas por el camino —dijo Judy—. Pero todo depende de tu actitud. Si eliges una carta de actitud negativa tienes que irte a esa tienda. Si te toca una carta de actitud positiva, te adelantas una casilla. Con tres cartas de actitud positiva ganas el Premio de la Paz.

—¡Cheverísimo! —dijo Cloe.

—¿Ves? —dijo Judy—, en el Juego de la Vida de Judy Moody todo depende de la ACTI-TUD.

—¡Hora de comer! —anunció Cloe. Ella y el señor Todd acarrearon unas grandes cajas hasta las mesas que había cerca del estanque de los patos. La clase de Tercero T contó doce patos de brillante cabeza verde, veintisiete ocas canadienses, tres patos comunes y once tortugas.

—¡Podríamos hacer una gráfica! —exclamó Judy.

—Bueno. Primero, vamos a comer —Cloe pasó las cajas con la comida. Dentro de cada caja había una hamburguesa... vegetariana, sin berenjena.

Un momento después, la clase de Tercero T estaba yoga-silenciosa mientras se comía la hamburguesa vegetariana y se bebía el jugo de zanahoria. Los patos se encargaban de recoger todas las migas que se les caían.

—¡Súper! Apuesto a que no sabían que la comida sana sabía tan bien —dijo Judy.

—Y de postre —dijo Cloe—, habrá conos de helado de niebla de jungla batida con bayas azules para todos.

—¡Helado azul!

—¡Yupiii...!

—¡Me encanta!

—¿Está hecho con verduras también?

Cuando todos habían terminado de lamer hasta la última gota de helado, Frank preguntó a Cloe:

—¿Tienes recreo en la universidad?

—Desde luego —contestó Cloe—. En la universidad te puedes tomar tu propio recreo más o menos cuando quieras.

—¡Cheverísimo! —exclamaron al mismo tiempo Judy, Rocky y Frank.

Judy vio a dos chicos de la universidad que atravesaban el césped y se dirigían hacia ellos. Traían discos voladores, aros de *hula hula* y... ¡bongos!

—¡Miren! —dijo Judy—, son Bethany Wigmore y Paul, el chico del bongo.

La clase de Tercero T tuvo el mejor recreo de su vida... Un recreo al cuadrado, al estilo universitario. Cuando terminaron de jugar con los aros de *hula hula*, y se cansaron de perseguir discos voladores y de tocar el bongo, ya era hora de ir a visitar la exposición.

Judy Moody y todos sus compañeros de Tercero T caminaron a través del campus, pasaron por el Café Gato y por delante del edificio de la biblioteca. Subieron en silencio las escaleras hasta el segundo piso donde estaba la galería de arte.

¡Mamá, papá y Stink estaban allí con una cámara fotográfica!

—¿Qué hacen ustedes aquí? —les preguntó Judy en un susurro.

—No queríamos perdernos tu gran exposición —contestó papá.

—Y yo me escapé de la clase de aprender a poner las comas —dijo Stink.

Judy entró en la silenciosa sala, en cuyas blancas paredes estaban colgadas las pinturas.

Había bodegones con frutas y paisajes con árboles. Había pinturas con borrones y manchas, y collages con gatos de colores.

Y, de repente, la vio. *Retrato de una curita-no-bote-de-sopa-sin-sombras. Edición de lujo.*

—Adivinen cuál es la mía —dijo Judy.

—¡La de la curita! —gritó Stink, corriendo hacia la pintura.

—Es muy colorida —dijo papá.

—Muy creativa —opinó mamá.

—Muy *universitaria* —dijo el señor Todd, haciendo un guiño.

—¡Mira! —dijo Stink—. ¡Te dieron un premio!

—¿A mí? ¿Un premio en la exposición? —preguntó Judy.

Stink avanzó para mirar el premio de cerca.

—Bueno, no te preocupes —dijo tapando la escarapela con su cabezota para que Judy no pudiera verla.

—¿Qué? —dijo Judy—. Hazte a un lado. Déjame ver.

—No te va a gustar —dijo Stink—. Dice que ganaste una MENCIÓN HORRORÍFICA. Es verdaderamente asqueroso.

—¿Mención Horrorífica? —ella, Judy Moody, había ganado un premio por la más horrible pintura que había en la exposición de arte—. ¿Por qué mencionarla si es tan horrible? —se quejó Judy.

El señor Todd empezó a reírse. Y papá y mamá también. Y lo mismo hizo Cloe.

—¿Por qué se ríen todos? ¡No tiene gracia! —exclamó Judy—. Mención Horrorífica significa que mi pintura es horrible.

—Es una "Mención Honorífica", Judy —explicó Cloe.

Mención Honorífica sonaba muchísimo mejor que Mención Horrorífica.

—Eso es que está bien, ¿verdad? —preguntó Judy. Stink se movió para que Judy pudiera ver.

—¡Está muy bien! —dijo Cloe—. Quiere decir que tu pintura está bien al cuadrado, que es tan buena que te otorgaron una hermosa cinta.

"¡Cheverísimo!"

—Vamos a ponernos junto a tu pintura para tomarnos una foto —propuso mamá. Y todos se agruparon alrededor de Judy, y la bibliotecaria tomó una foto con la cámara de Stink.

—¡Déjeme verla! —pidió Judy.

Vio la imagen en la cámara. Se veía a Kate, Richard y Stink; Rocky, Frank, Jessica Finch y todos los demás de clase de Tercero T; el señor Todd y Cloe; Bethany Wigmore y Paul, el del bongo.

Y en el centro de todos, justo debajo de la Mención Honorífica (no horrorífica), aparecía la propia Judy con una sonrisa de oreja a oreja.

Si esta foto hubiera sido una pintura, ella, Judy Moody, la hubiera llamado *Retrato de la artista con sus viejos, su maestro, su tutora universitaria, algunos colegas y el Plasta, con sombras. Edición de lujo.*

Fue solamente un segundo, una millonésima de segundo, algo que pasó en un visto y no visto en el juego de la vida de Judy Moody, pero que la hizo sentirse estupendamente bien. Ella, Judy Moody, estaba llena de ALEGRI-TUD.

¡CHEVERI-TUD!

Primera edición del Diccionario
Universitarios

COLEGAS

CARNALITA

carnalita = compañera, amiga

chévere, cheverísimo = genial

colegas = amigos

de muerte = sensacional

deli = delicioso

fashion = a la moda

hiper-guau = maravilloso

look = apariencia

mala onda = desagradable

LOOK

DELI

SUAVE

nos pillamos = nos vemos más tarde

papear = comer

pirarse = irse

plasta = pesado, aburrido

PAPEAR

rucos = anticuados, viejos

sensacionalístico = bastante sensacional

suave = estupendo

uni = universidad

PIRARSE

RUCOS

¡Me piro, vampiro!